AF581836

INSTITUT DE FRANCE.

ACADÉMIE DES BEAUX-ARTS

INAUGURATION DE LA STATUE
DE
LÉO DELIBES
A LA FLÈCHE

Le Dimanche 18 Juin 1899

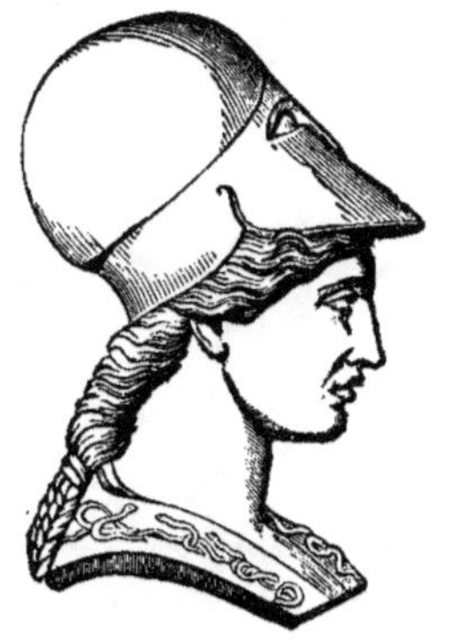

PARIS
TYPOGRAPHIE DE FIRMIN-DIDOT ET Cie
IMPRIMEURS DE L'INSTITUT DE FRANCE, RUE JACOB, 56

M DCCC XCIX

INSTITUT
1899. — 18.

INSTITUT DE FRANCE

ACADÉMIE DES BEAUX-ARTS

INAUGURATION DE LA STATUE

DE

LÉO DELIBES

A LA FLÈCHE

Le Dimanche 18 Juin 1899

DISCOURS

DE

M. HENRY ROUJON

MEMBRE DE L'ACADÉMIE DES BEAUX-ARTS
DIRECTEUR DES BEAUX-ARTS

MESSIEURS,

L'honneur d'inaugurer le monument que la piété de ses concitoyens élève à Léo Delibes revenait au ministre des Beaux-Arts. Le Gouvernement avait choisi une de ses voix les plus autorisées et les plus éloquentes pour célébrer celui qui fut un chantre aimé des Muses et un maître chéri de la jeunesse. La politique, hélas! a changé votre programme. Elle n'a jamais gâté Léo Delibes. On se souvient encore du trouble qu'elle apporta à la première représentation du *Roi l'a dit.* Elle maltraita volontiers de son vivant ce parfait représentant de l'harmonie ; on dirait qu'elle le boude encore, au jour de son apothéose. Il est juste que vous la rendiez responsable de votre déception et que vous ne vous en preniez qu'à elle seule. Gardez, je vous en prie, votre indulgence pour celui à qui incombe une tâche bien ingrate : celle de suppléer quelqu'un dont l'absence est déplorée par tous.

Vous avez voulu, Messieurs, et nul dessein n'est plus méritoire, glorifier un artiste qui vous est cher en embellissant votre ville d'une œuvre d'art. Un comité s'est constitué parmi vous pour mener à bien cette généreuse entreprise. A la Flèche, au pays de La Tour d'Auvergne, on est par tradition tenace et vaillant. Des hommes dévoués, énergiques, au premier rang desquels je salue MM. Leporché, Legludic, d'Estournelles et Edmond Fontaine, ont groupé les bonnes volontés, réuni les ressources nécessaires, prodigué leur temps et leur peine. Notre première pensée doit être pour eux, et c'est une pensée de sincère gratitude. Qu'ils soient félicités et remerciés au nom de l'État et au nom de l'art. Récompensés, j'imagine qu'ils le sont, au delà même de leurs espérances, lorsqu'ils contemplent l'œuvre charmante qui vient d'être découverte à nos yeux. Dans ce monument dont s'enrichit encore la statuaire française, un sculpteur illustre, coutumier des inspirations heureuses, a résumé avec un rare bonheur ce qui demeure impérissable dans le souvenir de Léo Delibes. M. Marqueste, si bien secondé par M. Blavette, nous rend à merveille l'image souriante de celui qui ne fut ici-bas que loyauté, grâce et bonne humeur. Auprès du maître, il a placé sa muse elle-même, la fille préférée de son cœur, la fée délicate et rêveuse dont la pure chanson bercera sa gloire.

Léo Delibes débuta humblement; il était né pauvre. Il lui fallut de bonne heure gagner son pain. L'instinct musical s'éveilla vite en lui; sa jolie voix de petit garçon lui fournit ses premières ressources. Il fut engagé comme enfant de chœur à la maîtrise de la Madeleine. Peu après, il allait apprendre le solfège dans cette hospitalière maison du Conservatoire qui a abrité et élevé tant de jeunes talents. La tradition prétend qu'il fut un écolier peu zélé et ne figura que médiocrement parmi les disciples d'Adolphe Adam. Quoi qu'il en soit, il devait plus tard prendre sa revanche, et quelle revanche! en qualité de professeur. Lorsque, célèbre, admiré de tous, comblé des faveurs du sort, il se vit offrir une classe de composition, il prit cette offre comme la consécration suprême. Nul succès ne lui fut plus cher. Obtenir pour un de ses élèves un prix de fugue lui semblait la plus enviable des fortunes.

Scrupuleux et consciencieux, comme le sont tous ceux qui mettent du cœur dans l'enseignement, il dirigeait les talents naissants avec la bonne méthode de la liberté. Il exigeait qu'on sût bien sa grammaire et n'exigeait pas moins qu'on demeurât soi-même. Il eût répété volontiers ce que disait un jour Rossini à un écolier: « Fais beaucoup de fugues, apprends le contrepoint renversé, ne néglige aucune connaissance technique. Un jour viendra où il faudra que tu oublies tout cela! » Parole profonde que les étourdis comprendraient mal, mais dont les vrais artistes apprécient la sagesse. Peut-être Delibes, en ses années d'apprentissage, absorbé qu'il était par les soucis du pain quotidien, fut-il un écolier fantaisiste. J'ai peine à croire toutefois qu'il n'ait pas beaucoup travaillé à sa manière. Les natures exceptionnelles ont des méthodes particulières. Delibes apprit surtout son métier en le pratiquant. Tout en suivant la classe de composition, il remplissait au Théâtre-Lyrique les fonctions d'accompagnateur. Ce fut sur les planches mêmes, à l'avant-scène, que naquit en lui le goût impérieux du théâtre. Dès que sa vocation éclata, elle fut irrésistible. Avec l'insouciante prodigalité de la vingtième année, il commença par se dépenser en improvisations bouffonnes, en tous ces opuscules, d'une production un peu hâtive, dont les titres ultra-fantaisistes vous feraient sourire. Et cependant si nous les respirions à loisir, nous trouverions déjà quelque chose de rare dans la senteur de ces fleurs faciles. A se multiplier ainsi, aux hasards des exigences quotidiennes, tout autre musicien eût sombré dans le métier vulgaire. Mais Delibes était de la grande race. Il appartenait à cette aristocratie musicale, dont les aïeux s'appellent Monsigny, Dalayrac, Lesueur et Grétry, il venait en droite ligne du XVIIIe siècle. Même en ses plus folles équipées, son inspiration gardait la retenue savante d'une de ces marquises d'autrefois qui s'égaraient aux « Porcherons » sans péril et connaissaient l'art subtil de ne se compromettre qu'à demi à l'abri du loup de velours et de l'éventail : elle était grande dame et le demeurait malgré tout. Bientôt d'ailleurs, les circonstances permirent à Léo Delibes de se révéler tel qu'il était. Entré à l'Opéra comme second chef de chœurs, il était appelé à collaborer avec un compositeur étranger pour écrire la musique d'un ballet, destiné à notre première scène lyrique. On n'a pas oublié à l'Opéra la soirée de *la Source*. Les connaisseurs surent démêler très vite ce qui appartenait de droit au nouveau venu dans ce charmant ouvrage. Le joyeux bouffe conquit en une heure ses titres et grades de vrai musicien. Dès lors, la carrière de Delibes se poursuivit naturellement; le succès l'adopta et ne l'abandonna plus. On avait discerné un débutant d'avenir dans le compositeur de *la Source;* on salua un maître dans celui de *Coppélia*.

Il appartient à un autre que moi d'analyser l'œuvre musicale de Léo Delibes et de vous en parler avec compétence. Je me borne à marquer les étapes de cette heureuse et brillante carrière. Avec le piquant ballet de *Coppélia*, plein de grâce mutine et de verve malicieuse, Delibes s'était affirmé comme un des maîtres de la musique chorégraphique. Bien d'autres à sa place eussent tranquillement exploité la même veine. Il voulut s'égaler encore aux modèles de la musique dramatique et exceller à son tour dans l'opéra comique. Messieurs, il est de mode de sourire de ce genre et de le traiter, avec un peu d'ironie, « d'éminemment national ». En vérité, être traité proverbialement et d'éminent et de national, n'est-ce pas là un ridicule qui ressemble à s'y méprendre à un titre de gloire? S'il est permis à la critique moderne de relever dans ce répertoire infiniment riche plus d'un ouvrage que sa formule condamne à l'oubli, combien d'œuvres en revanche, d'œuvres éternellement jeunes et plaisantes a-t-elle le devoir de consacrer!

L'Opéra-Comique! — j'en appelle à l'éminent architecte qui vient de lui reconstruire une demeure digne de lui, — c'est, Messieurs, comme un aimable musée de vieux portraits, toute une galerie de souriantes aïeules éternellement roses sous la poudre, avec la mouche au coin des lèvres. N'est-ce pas là, dans les vers de La Fontaine et les contes de Voltaire, dans les peintures des fêtes galantes et sous les bosquets de Trianon, que les historiens psychologues devront chercher le meilleur témoignage de ce que fut l'âme amoureuse et légère de la France de jadis?

Delibes se rattache à cette adorable tradition; il sut attendrir à son tour les filles charmantes de ces « pleureuses des premières loges » que les mélodies de Jean-Jacques avaient enchantées. Il écrivit *le Roi l'a dit*, cette œuvre si spirituelle et si prime-sautière, que nous rendait hier un directeur artiste et vraiment pénétré de son devoir. Nous en savourions avec ravissement, non seulement le premier acte d'une inspiration toute fraîche encore, mais maint autre passage qui semble tombé de la plume d'un des meilleurs maîtres du temps passé.

Après *le Roi l'a dit*, Delibes devait au public un chef-d'œuvre. Il ne tarda point à le lui donner. Ce fut ce ballet de *Sylvia* dont chaque mélodie s'adapte à un rythme parfait, suave églogue forestière que la musique traverse et caresse comme la brise d'un joli matin. Il n'est pas une mesure de cette partition qui ne mérite de demeurer comme un modèle accompli de poétique élégance. C'est ainsi qu'un Méhul ou un Chénier refaisait à sa manière le songe exquis de la vie antique et mariait l'eurythmie hellénique à la grâce française.

Vint ensuite l'abondante et riche partition de *Jean de Nivelle* qui nous conduisit insensiblement à l'autre chef-d'œuvre de Delibes, à cette *Lakmé* dont la plainte a charmé le monde. Figure captivante et douce, à la fois si voluptueuse et si pudique, dont le rêve nostalgique s'exprime en des chants frais comme un parfum. Hélas! Messieurs, Lakmé et la muse de Delibes furent sœurs et dans la vie et dans la mort. Elles exhalèrent ensemble leur dernier souffle. Ce fut presque au lendemain d'une des soirées les plus triomphales qui aient compté dans l'histoire du théâtre, qu'une destinée atrocement cruelle enleva Delibes à l'admiration de tous et à la tendresse de ses amis. Il alla rejoindre, dans la tombe ouverte trop tôt, ses contemporains et ses émules Castillon et Bizet, enlevés eux aussi en pleine force, il y précédait à peine son ami et successeur Guiraud. La musique française fut à ce moment une mère de douleur, elle sembla une Niobé penchée sur les cadavres de ses meilleurs fils. Et aujourd'hui encore, autour du monument de Léo Delibes, ne croyez-vous pas voir errer les ombres chères et pitoyables de ces jeunes héros, immolés par un dieu jaloux? Est-il une pensée plus douloureuse, imagine-t-on un regret plus amer que celui de toute cette beauté à jamais perdue? Les rêves qui sommeillaient encore dans ces esprits qu'a saisis le néant, tous les chants qui murmuraient dans ces voix éteintes, aucun miracle ne nous les rendra. Où vont les génies sacrifiés avant l'âge? Est-il un lieu dans l'infini où se continue et s'achève le rêve qu'ils ébauchaient ici-bas? C'est là le grand secret de la mort. Pour nous donner, non pas certes une consolation, mais une raison de pardonner à la nature, disons-nous qu'il reste encore à nos côtés assez d'héritiers dignes de nos chers morts, et soyons fiers d'appartenir à une patrie qui puisse sans s'appauvrir subir de tels veuvages et porter le deuil de tant de gloires !

Comme pour augmenter notre mélancolie, rappelons que chez Léo Delibes l'homme fut aussi regrettable que le musicien. Tout son être respirait la bonté, la gaieté, la franchise. Il débordait de vie, il se donnait tout entier du premier mouvement, et tout d'abord il gagnait le cœur. Ce fut peut-être l'homme le plus aimé de sa génération. Ses collaborateurs disparus, aussi, hélas! pour la plupart, Nuitter, Gondinet, Meilhac, le chérissaient fraternellement. Il en demeure un, le plus intime peut-être, esprit élevé et cœur sincère, qui saura témoigner au nom de tous.

Que tous ceux, Messieurs, que vous avez conviés ici, que les amis obscurs ou connus du maître, que ses illustres confrères, que la noble veuve qui le pleure permettent au représentant de l'État de vous transmettre l'expression de leur gratitude. Merci à vous, merci d'avoir rendu cette gloire si pure à son berceau natal ! Ne nous séparons pas sur des paroles de deuil. Léo Delibes fut de ces mortels privilégiés qui ne peuvent mourir. Son esprit persiste parmi nous ; il nous charme encore, il nous enveloppe, il nous ravit aux sombres pensées. N'oublions pas que ce jour est un jour de fête. Un chaste chœur de vierges et de nymphes flotte autour de la stèle votive. Myrto, Lakmé, Sylvia nous convient par leurs chants et leurs danses à reprendre la fête immortelle du printemps, de la jeunesse et du génie !

DISCOURS

DE

M. THÉODORE DUBOIS

MEMBRE DE L'ACADÉMIE DES BEAUX-ARTS

DIRECTEUR DU CONSERVATOIRE NATIONAL DE MUSIQUE ET DE DÉCLAMATION

Messieurs,

Que de souvenirs charmants évoque pour moi le nom de celui que nous glorifions aujourd'hui! — Léo Delibes!... Ce nom est synonyme de talent, de loyauté, de bonté, d'entrain, de dévouement, de dignité. Ah! Messieurs, il faut avoir connu Delibes dans l'intimité pour apprécier comme il convient cette nature d'élite, faite tout entière de tendresse expansive, de délicatesse, de finesse, d'abandon, d'esprit. — C'était au premier chef un sympathique, un homme exquis, dont je ne puis rappeler sans une vive émotion l'amitié qui nous unissait depuis longtemps. Jamais il ne disait de mal de personne, pas plus du reste qu'il ne disait de bien de lui-même. Tous ceux qui l'ont connu l'ont aimé et admiré. Quel plus bel éloge peut-on faire d'un homme et d'un artiste!

Mais c'est de l'artiste surtout que je veux parler au triple point de vue du compositeur, de l'académicien, du professeur.

Léo Delibes, dont la famille était peu fortunée, commença par être enfant de chœur à la Madeleine; puis il entra au Conservatoire où il étudia l'harmonie, l'orgue et la composition. — Chose bizarre, mais pourtant assez fréquente, celui qui devait être un jour un éminent et savant professeur, ne fut qu'un élève ordinaire. — Les études scholastiques avaient peu d'attraits pour lui ; ce n'est que plus tard qu'il s'assimila, par la pratique de son art, la substance de toutes ces choses qu'il enseigna ensuite si bien. — Il faut dire aussi que, de bonne heure, il se sentit entraîné vers la composition, surtout vers le théâtre, et qu'il était fort impatient de se produire. — Beaucoup d'œuvres légères sortirent à ce moment de sa plume, mais déjà empreintes cependant de cette grâce spirituelle et de cette facture élégante qui furent en quelque sorte la caractéristique de son talent. Il jugeait parfois ces premières œuvres avec sévérité et avait la noble ambition de tout artiste digne de ce nom, de s'élever toujours plus haut dans les régions de l'art pur.

Une circonstance favorable l'aida alors dans l'accomplissement de ses désirs. Il entra à l'Opéra comme second chef des chœurs, et M. Perrin, qui dirigeait notre première scène musicale, eut la sagacité de deviner ce qu'on pouvait attendre de Léo Delibes. Il lui fit faire, en collaboration avec Minkous, le ballet : *la Source*, qui mit en lumière ses brillantes qualités de distinction et d'originalité.

Peu de temps après il écrivit *Coppélia*, œuvre exquise et charmante, dont le succès dure encore depuis bientôt trente ans.

Mais Delibes avait hâte d'écrire un ouvrage dramatique pour l'une de nos grandes scènes lyriques. — En 1873, *le Roi l'a dit* vit le jour à l'Opéra-Comique. — Des événements politiques très graves détournèrent à ce moment l'attention du public, néanmoins *le Roi l'a dit* prouva qu'il fallait compter avec le talent souple, original et varié de son auteur.

J'arrive à l'un des plus grands succès de Léo Delibes; je veux parler de *Sylvia*, ballet en trois actes donné à l'Opéra. Ce fut un événement, presqu'une révélation, car jamais jusque-là on n'avait introduit dans la musique chorégraphique des éléments symphoniques d'une telle importance, d'un tel intérêt. L'élévation, le charme du style, l'ampleur des formes, la fraîcheur de l'inspiration, conquirent l'admiration de tous, aussi bien du public que des artistes. — Désormais Delibes marchait à la tête de la jeune École française.

Vinrent ensuite à l'Opéra-Comique *Jean de Nivelle*, dont le succès s'affirma par plus de cent représentations consécutives, et enfin *Lakmé*, poétique et délicieux ouvrage, aujourd'hui au répertoire de toutes les scènes lyriques, et résumant bien toutes les qualités du compositeur.

C'est, hélas! la dernière partition qui ait été donnée au théâtre du vivant de son auteur, car le pauvre Delibes ne devait pas voir l'apparition de sa *Kassya*.

Nommé chevalier de la Légion d'honneur en 1877, puis officier en 1889, Léo Delibes avait été élu, en 1885, membre de l'Académie des Beaux-Arts. — Il éprouva une grande joie de cet honneur, le plus grand que puisse envier un artiste, et une grande fierté de cette consécration de son talent, reconnu et affirmé par ses pairs. — Il fut le plus aimable des confrères, devint l'ami de tous et remplit ses obligations académiques avec une ponctualité tout à fait exemplaire.

En 1880, Delibes avait succédé à Reber comme professeur de composition au Conservatoire. Dans ces fonctions, toutes nouvelles pour lui, il apporta un zèle, un dévouement absolus, et il fut un professeur admirable. — Rien ne lui causait plus de joie que le succès de ses élèves, et je me souviens encore avec quelle exubérance, quelle passion il me parlait de sa classe, de la manière dont il la voulait faire, de la direction musicale à donner aux jeunes esprits qui lui étaient confiés. — C'était pour lui un véritable sacerdoce, dont ceux qui ne le connaissaient que superficiellement pouvaient sembler parfois étonnés, mais qui était bien la résultante de sa belle nature d'artiste, faite toute d'honnêteté et d'abnégation.

Personne n'était plus scrupuleux que lui et n'avait à un plus haut degré le sentiment du devoir. — Jamais il ne manquait d'assister, aux côtés d'Ambroise Thomas, aux examens et aux concours du Conservatoire ; il y était d'une juste et bienveillante équité, et il fallait voir avec quelle conscience il prenait des notes sur chaque élève, et avec quel soin méthodique il les conservait pour les consulter à l'examen suivant !

Je termine en disant que, parfois, Léo Delibes, aux heures d'expansion de ses dernières années, m'a fait le confident de ses préoccupations au sujet de l'orientation que lui semblait prendre la musique en France. Il en paraissait troublé et chagrin, et il était ému de voir l'influence sans cesse grandissante qu'un célèbre maître étranger avait sur les productions des jeunes compositeurs français. Il pensait, et je pensais avec lui, que tout en admirant les œuvres du grand et génial artiste dont je parle, et en ne se désintéressant pas de l'évolution musicale qui en résulte forcément et légitimement, la jeune École française avait mieux à faire qu'à se livrer à l'imitation puérile de ce Maître; il pensait, dis-je, que nous devions conserver nos qualités nationales et naturelles. — Personne ne me démentira si je le donne en exemple et si j'ajoute qu'il eût été vraiment dommage qu'un tempérament musical comme celui de Delibes se fût, lui aussi, laissé entraîner et ne fût point resté toujours lui-même, avec ses belles et franches qualités spontanées de grâce, de charme, de distinction, de clarté.

Léo Delibes fut un artiste sincère et véritable, qui honore grandement son pays; je suis heureux d'avoir été appelé à donner à sa mémoire ce souvenir affectueusement ému.

Paris. — Typographie de Firmin-Didot et Cie, impr. de l'Institut, rue Jacob, 56. — 38044.

www.ingramcontent.com/pod-product-compliance
Lightning Source LLC
LaVergne TN
LVHW050235180726
843501LV00014BA/4221

* 9 7 8 2 3 2 9 6 2 2 3 5 4 *